Anton Friederich Büsching

Friedrich der Große privat

Bericht eines Zeitgenossen

Edition Rieger

Lange Straße 63, 16818 Karwe/bei Neuruppin
Telefon: 03 39 25 / 7 10 63, Fax: 03 39 25 / 9 06 22
edition_g_rieger@hotmail.com
www.edition-rieger.de
Druck: Druckerei Steinmeier, Nördlingen

Seine körperliche Größe und Gestalt.

Von der körperlichen Größe des Königs, urtheilen auch diejenigen, die ihn lange und täglich gekannt haben, nicht auf gleiche Weise. Er Selbst hat behauptet, daß Er 5 Fuß 5 bis 6 Zoll groß sey, andere aber gaben Ihm nur 5 Fuß 4 bis 5 Zoll. Bey dieser mittelmäßigen Größe, war er wohl gewachsen, und hatte eine erhabene und breite Brust. Sein Kopf hing ein wenig nach der rechten Seite, wozu er vermuthlich durch das Flötenspiel war gewöhnet worden. Sein Gesicht war weder mager noch voll, hatte aber starke und ernsthafte Züge; die Nase war lang, aber gut gebildet; die Augen waren weder zu groß noch zu klein; aber voller Lebhaftigkeit, und in gewissen Fällen voller Feuer; denn sie kündigten Seine Gemüthsbewegungen und Leidenschaften stark an, und drückten insonderheit den heftigen Zorn auf eine erschreckende Art aus. Man erblickte ordentlicher Weise in Seinem Gesicht nichts Angenehmes, sondern nur Ernst und Strenge, daher gewöhnten sich auch diejenigen, die viel und täglich um Ihn waren, an ein ernsthaftes Gesicht. Sein Gang war etwas nachlässig, aber schnell und stolz. Zu Pferde saß er in jüngeren Jahren gut, im Alter gekrümmet und nachlässig, ausgenommen Er galoppirte, welches Er lange aushalten konnte. Seine Gesichtsfarbe war braunrot, und kündigte einen Mann an, der sich nie der heißen und kalten Witterung entzogen hatte, einen Soldaten. Seine Augen sahen in der Nähe gut, in die Ferne aber nicht ohne Unterstützung eines Augenglases. Seine Stimme war einem Befehlshaber gemäß, deutlich, stark, durchdringend; daher war es den Soldaten angenehm, wenn Er sie selbst commandirte.

Körperliche Stärke.

In Seiner Jugend empfand Er sich nicht stark, und glaubte also nicht alt zu werden. Er hatte wegen Seiner Lebensunordnung Ursache so zu denken. In der folgenden Zeit waren Gicht und Podagra Seine gewöhnlichen Krankheiten, und das letzte bekam Er fast alle Jahre. Er meynete, daß Er es von Seinem Vater geerbet, dieser aber es sich durch den Rheinwein zugezogen habe, den Er also verabscheuete, und jedermann, wegen seiner Säure und zusammenziehenden Kraft, vor demselben warnete. Man hörte Ihn alsdenn oft sagen: *si l'on veut avoir un avantgout de la pendaison, on n'a qu'à prendre du vin de Rhin.* Um von dem Podagra befreyet zu werden, war Er einige Tage enthaltsam im Essen und Trinken, wartete den Schweiß ab, und gebrauchte gelind auflösende und abführende Mittel und Klistiere. Wenige Menschen dünsten durch den Schweiß so stark aus, als der König, bey dem der mit Wasser häufig genossene Bergerac fast bloß dadurch wieder wegging, so daß für den andern Ausweg der genossenen Getränke sehr wenig übrig blieb. Wenn man die gichtischen Zufälle, das Podagra, und Seine letzte langwierige Krankheit, ausnimmt, so hat Er während Seines

Lebens eben keine beträchtliche Krankheiten ausgestanden. Bey dem Anfang des ersten schlesischen Krieges bekam Er das viertägige Fieber, welches Ihm zu der damaligen Zeit doppelt unangenehm war. Um bald davon befreyet zu werden, verordnete Er sich selbst Chinapulver, welche zu verschreiben die Ärzte damals noch nicht recht wagten, und wurde gesund. Nun fingen die Ärzte in unsrer Gegend an, Zutrauen zu der China zu bekommen. Wann Er Fieber, die einen Tag währeten, bekam, so rührten sie bloß daher, daß Er nicht gut verdauet hatte; und die hämorrhoidalischen Zufälle, die Ihm zuweilen zustießen, hielten nicht lange an.

Leibesbewegung.

Seine Leibesbewegung bestand im Reiten und Gehen. Schon im Märzmonat, wenn die Witterung es verstattete, fing er an täglich von 10 bis 11 Uhr auszureiten, wobey er viel trottirte und galoppirte. Er ging bey guter Witterung auch im Garten herum, ja selbst beym Flötenspiel, wenn Er es zum angenehmen Zeitvertreib für sich allein anstellete, saß Er nicht, sondern spatzierte mit der Flöte aus einem Zimmer in das andere. In der ersten Hälfte

Seiner Regierungsjahre, ritt Er oft nach Berlin und Charlottenburg, und bediente sich des Wagens nicht, wenn Er ihn gleich mitfahren ließ. In Kriegen und auf Märschen war Er beständig zu Pferde, wenn aber die Kälte zu groß war, stieg Er ab, und ging zu Fuß.

Im Frühjahr wohnte Er wöchentlich dreymal den Waffenübungen der Potsdamer Besatzung bey, und commandirte selbst, und beydes geschahe auch ordentlicher Weise an den Löhnungstagen mit der großen Wachtparade. Hernach verschafften Ihm die Musterungen Seines vertheilten Kriegsheeres, und die Reisen, die Er um derselben willen that, starke Leibesbewegung. So wie Er bey den ersten viel jagte, also geschahen die letzten mit ungemein großer Geschwindigkeit, die die Menschen und Pferde stark ermüdete, auch oft in Gefahr brachte, der Er sich selbst dabey nicht wenig aussetzte.

Schlaf.

In der ersten Hälfte Seines Lebens, da er noch sehr munter und thätig war, schlief Er wenig; denn Er saß oft bis Mitternacht an Tafel, und stand früh wieder auf, um die Tonkunst auszuüben, und den Waffenübungen der Soldaten beyzuwohnen. Er hat in Seinem Alter oft erzählet, daß Er, als er bey den Truppen seines Herrn Vaters am Rhein gewesen, mit einigen anderen jungen Leuten versuchet habe, gar nicht zu schlafen, sondern immer geschäftig zu seyn, und in so ferne noch einmal so lange zu leben als andere Menschen: Er habe dieses durch die Hülfe des vielen Caffe, den er getrunken, vier Tage ausgehalten, alsdann es aber unterlassen müssen, weil Er bey Tisch eingeschlafen, und Sein Blut gar zu sehr erhitzet worden sey. In der letzten Hälfte des Lebens, sollte der Schlaf, nach Seinem Plan, sieben Stunden währen, er dauerte aber wohl acht bis neun Stunden, wenn er um der Gesundheit willen den für Ihn so wohlthätigen Schweiß abzuwarten, für nöthig und nützlich erachtete. In den Monaten November, December, Januar und Februar ging Er abends zwischen 9 und 10 Uhr zu Bette, und stand am Morgen des folgenden Tages zwischen 5 und 6 Uhr wieder auf. Von dem Ende des Februars an, legte Er sich von Woche zu Woche etwas früher zur Ruhe, und stand früher wieder auf, so daß Er zur Berliner Musterung wohl schon um halb 3 Uhr ausser dem Bette und um 4 Uhr schon auf dem Pferde war. Nach den Musterungen der Truppen und Sommerreisen, wurde die Ordnung allmählig umgekehret.

Genau in der Minute, die Er des Abends bestimmet hatte, ward Er am folgenden Morgen aufgewecket, und alsdenn stand Er, wenn entweder natürliche Bedürfnisse, oder Geschäfte und Reisen es erforderten, sogleich auf, sonst aber schlummerte Er noch wohl eine viertel, eine halbe, ja wohl eine ganze Stunde.

Zu Seinem Anzug des Morgens, ward in Seinem Schlafzimmer eine Viertelstunde vor dem Aufstehen, täglich ein Caminfeuer gemacht, an welches Er trat, damit die gewöhnliche Ausdünstung Seines Körpers unterhalten werden konnte. Wenn Er zu Bette gehen wollte, zog Er sich vor dem Camin die Kleidung selbst aus, und das Nachtcamisol an, legte auch selbst die Haartour ab, band sich um den Kopf ein Tuch, und wenigstens in den letzten Jahren Seines Lebens, über dasselbige ein dünnes viereckiges Küssen, welches die Stelle der Nachtmütze vertrat, und ein Tuch um den Hals. Nun setzte Er sich auf das Bette, der gegenwärtige Kammerbediente zog Ihm zuerst die Stiefeln, und hernach die Beinkleider ab, und Er legte sich alsdann ordentlich nieder, und zog noch das Kopfküssen um und über den Kopf zusammen. Die Strümpfe behielt Er mehrentheils des Nachts an den Füssen. Sein Favorithund schlief bey Ihm im Bette, aber es war weder ein Mensch, noch ein Nachtlicht in Seinem Schlafzimmer, doch wachten alle Nacht zwey gemeine Bediente in dem Vorzimmer, die, wenn er die Klingel bey Seinem Bette zog, hineingingen, und Seine Befehle vernahmen. Wenn Er sich in Sanssouci aufhielt, kamen alle Abend um 6 Uhr 6 Mann Grenadiers und 1 Unterofficier aus der Stadt zur Nachtwache dahin, und gingen am Morgen des folgenden Tages zwischen 4 und 5 Uhr wieder ab.

Speise und Trank.

Aus dem guten Essen und Trinken, machte der König weit mehr als sein Herr Vater, der nur drey oder vier Schüsseln auf seine Tafel bringen ließ, und mit gemeinen bürgerlichen Speisen zufrieden war. Er aß und trank viel, doch war die Menge der Speisen, die Er genoß, ordentlicher Weise nicht unmäßig, aber Er liebte solche Arten derselben, die Er beym zunehmenden Alter nicht gut verdauen konnte, und durch dieselben zog Er sich oftmals Unpäßlichkeiten zu. Im Essen war Er gar nicht Herr und Meister über sich selbst, sondern folgte Seinem Appetit, der oft so heftig war, daß wenn der Küchenzettel, der Ihm des Nachmittags für den Mittag des folgendes Tages gebracht wurde, Speisen enthielt, die Er vorzüglich gern aß, Er ihn nicht nur am folgenden Morgen und Vormittag mehrmals und mit Vergnügen erwarten konnte. Sie mußten nach französischer und italienischer Art stark gewürzet seyn. Käse- und Mehl-Speisen, vor allen andern die fette und unverdauliche italienische Polenta, Pasteten, Kuchen, Schinken, saurer und grüner Kohl, waren Ihm besonders angenehm. Ordentlicher Weise kamen des Mittags acht Schüsseln auf seine Tafel, und der Küchenzettel gab bey jeder den Namen des Kochs an, der sie zubereiten würde.

Der Nachtisch bestand bloß in Obst, welches die Jahreszeit mit sich brachte. Der gewöhnliche Wein, den Er trank, war Bergerac, den er mit Wasser vermischte; zuweilen auch wohl Champagner- und ungarscher Wein; aber den Rheinwein hassete Er aus den oben angeführten Ursachen.

Seine Mittagstafel war mehrentheils mit 7 bis 10 Personen besetzt, die Er selbst täglich ernannte, und die nach ihrem Belieben essen oder nicht essen, auch so vielen rothen Wein (sogenannten Pontac) und Moselerwein trinken konnten, als sie wollten, Champagner, Burgunder und ungarschen Wein aber nur alsdenn bekamen, wenn der König

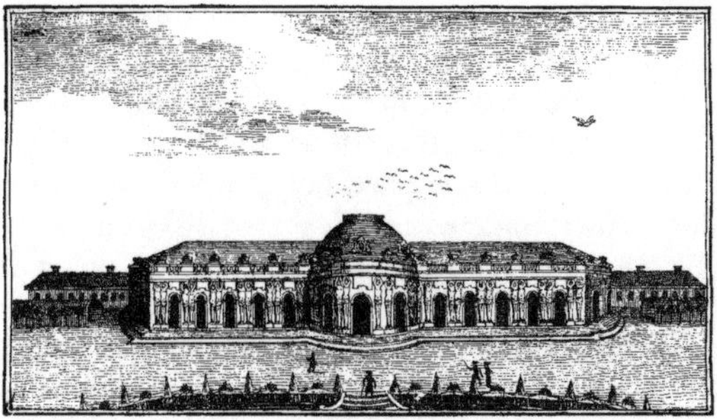

Schloss Sanssouci, Stahlstich von 1836

ausdrücklich befahl, dergleichen zu geben. Empfing der König Besuch von Seiner Familie, oder gab er ausserordentliche und feyerliche Gastmale, so wurden wohl 12, 20 ja 30 Schüsseln aufgetragen, und dieses geschahe auch bey den Kriegsübungen und Musterungen, und bey den Redouten. Die Mittagstafel ging genau um 12 Uhr, und wenn der König grosses Verlangen nach den bestellten Speisen hatte, wohl noch eine Viertelstunde früher, an. Vertiefte er sich ins Reden und Erzählen, so währete sie bis 4 oder 5 Uhr, ja auch wohl länger. Er trank während dieser Stunden beständig und fleißig, und also viel, welches aber fast bloß durch die Ausdünstung wieder fortging. Die Abendmahlzeiten währeten nur bis zum siebenjährigen Kriege, denn da gab Er sie auf, weil Er richtig dafür hielt, daß ein commandirender General früh aufstehen müsse, und wohl beobachtete, daß Er bey dem kurzen Schlaf nicht hinlänglich verdaue. In den Wintermonaten gab Er zwar zuweilen 3, 4 oder 5 Personen ein Abendessen, Er selbst aber genoß nichts davon, wenn er sich gleich in gewisser Entfernung beym Tisch niedersetzte.

Aus gutem und feinem Obst machte Er sehr viel, und konnte es in beträchtlicher Menge geniessen; Er wendete auch jährlich viel Geld an, um es durch

Treibhäuser früh und zur ungewöhnlichen Zeit zu bekommen. Seine Gärtner mußten es in seine Kammer setzen lassen, und Er suchte selbst dasjenige aus, welches Er geniessen wollte. Er bestimmte auch, was auf die Tafel gesetzet, und Seinen Verwandten und Freunden geschicket werden sollte.

Ausser dem Obst, aß Er in den letzten Jahren Seines Lebens bey Tag oft kleine Täfelchen trockener Chocolate. Früh Morgens trank Er erst einige Gläser Wasser, in welches in den letzten Lebensjahren ein wenig destillirtes Fenchelwasser gegossen wurde, und nachher 2 oder 3 kleine Tassen Caffe, bald mit, bald ohne Milch. Zu einem Verwahrungsmittel wider den Schlag, ließ Er einen Theelöffel voll weissen Senf in Seinen Caffe thun. In den Feldzügen lebte Er schlecht und recht, und zeigte, daß Er ein Soldat war, der sich mit dem mäßigen begnügen ließ.

Entweder zu Seiner Lebensnothdurft, oder zum Wohlleben, gehörte auch spanischer Schnupftaback, von welchem Er immer ein Paar tausend Pfund vorräthig hatte. Er trug beständig zwey angefüllete kostbare Tabacksdosen in den Taschen, fünf oder sechs andere standen auf den Tischen umher, und viel über hundert wurden zur Abwechselung in Kasten aufbewahret.

Kleidung.

Wenn man etwa den König Karl den zwölften von Schweden ausnimmt, so mag niemals ein König so schlecht mit Kleidern versehen gewesen seyn, als Friedrich der zweyte von Preussen. Er behielt zwar den von dem König Friedrich dem ersten 1706 eingeführten Grand-Maitre de Garderobe bey, dem dieses Amt die Excellenz verschaffet, aber an einen diesem Amt, und wie der grosse Haufe dafür hält, der königlichen Würde, gemässen Vorrath an Kleidern gedachte Er nicht. Er kleidete sich in die einfache Uniform seines Garderegiments zu Fuß, die nur mit einem Achselband und einem Stern gezieret war, und bloß an großen Gallatagen und bey grossen Feyerlichkeiten, zog er die reiche Uniform dieses Regiments an. Er hat, so wie in anderen Stücken, also auch hierinn, unter den Königen und Fürsten Nachahmer gehabt; und allerdings muß ein Volk sich glücklich schätzen, wenn der König und Fürst seine Schweißtropfen und Thränen nicht in Brillanten verwandelt, um mit denselben zu prangen. Es ist aber keinem regierenden Herrn eine so weit getriebene Sparsamkeit in Kleidungsstücken anzurathen, als König Friedrich der zweyte ausübte: denn theils gehöret sie zu Des-

selben verjährten Eigenheiten, die Er sich als General erlaubte, theils müßte der Nachahmer gerade durch so viele glänzende Eigenschaften und grosse Thaten sich Ehrfurcht verschaffet haben als unser Monarch, der aber in Seiner Art der einzige war. Er wollte schlechterdings nicht in der Kleidung groß seyn, Er wurde auch gefürchtet und verehret, wenn Er gleich in einem alten, abgetragenen und geflickten Kleide ging, wenn gleich ein scharf beobachtendes Auge in Seinen Beinkleidern ein Loch entdeckte, wenn gleich Sein Hemd und Schnupftuch zerrissen, und Sein Huth ganz kahl war. Er hatte keine Nachtmütze, keinen Schlafrock, keine Pantoffeln.

Anstatt des Schlafrockes trug Er ein Casaquin, und bey Krankheiten, den Ihm von der russischen Kaiserin Elisabeth geschenkten Zobelpelz, den Er, wenn es kalt war, auch beym Reiten und Fahren anzog, ihn auch wohl über die Bettdecke legen ließ. Weil unter den Hemden des verstorbenen Königs keine gute, sondern alle zerrissen waren, so konnte keines derselben seinem Leichnam angezogen werden. Man konnte sich aber nicht die Zeit nehmen, ein neues machen zu lassen, und also gab der jetzige geheime Kriegsrath Schöning eines von den seinen und noch nicht gebrauchten Hemden her, mit denen ihn seine Braut beschenket hatte, und in diesem ist der Leichnam begraben worden. Ich habe diesen mir glaubwürdig erzählten Umstand für wahr befunden, als ich ihn scharf untersuchte.

Verhalten in Ansehung der Reinigkeit.

So wenig Er als Soldat aus Putz und Schmuck machte, eben so wenig hielt Er von der Reinigkeit; diese Gleichgültigkeit gegen dieselbige nahm mit den Jahren zu, und stieg zuletzt aufs höchste. Als Er aufhörete die Flöte zu blasen, schnitte Er sich zum Zeitvertreib mit den Scheren, die Er beständig in der Tasche trug, täglich sehr oft nicht nur die Nägel, sondern auch den Bart ab, und ließ sich nur selten barbieren. Er wischte sich zwar alle Morgen mit einer nassen Serviette das Gesicht und die Hände ab, allein dieses wenige Wasser nahm die Unreinigkeiten, die der viele Schweiß und Schnupftaback ansetzten, nicht hinlänglich weg. Bey der Tafel bediente Er sich anstatt der Gabel oft der Finger, und Suppen und Brühen flossen oft auf Seine Kleidung, die also sehr fleckicht wurde. Das Fleisch für Seinen Favorithund legte

Er mit den Fingern vom Teller auf das Tischtuch, damit es kalt würde. Dadurch wurden Tischtuch und Serviette sehr beflecket, und weil auch Wein und Wasser zuweilen überflossen, und Er den Schnupftaback stark verschüttete, so war nach aufgehobener Tafel die Stelle, wo er an derselben gesessen hatte, sehr kenntlich. Die weiße Feder auf Seinem Huth, war selten ohne Schmutz, und die Stiefeln waren nie schwarz, weil Er nicht befahl, sie zu schwärzen, und noch weniger waren sie glatt angezogen, und fest gebunden. In Seinen jüngern und mittlern Jahren trug Er wohl bey feyerlichen Gelegenheiten Schuhe, im hohen Alter aber nicht. Als Ihn der Großfürst von Rußland besuchte, ließ Er sich Camaschen von schwarzem Sammet machen, und zog sie über die runzelichten Stiefeln an, damit es aussehen mögte, als ob Er Schuhe trüge; man kann aber leicht denken, wie dicke Seine Füsse in dieser Bekleidung gewesen sind. Von Seinem nächtlichen Schweiß zeugte das Hemd, das Er alle Morgen veränderte, und das Betttuch, auf welchem Er gelegen hatte, das nebst den Küssen, Matratzen und Bettdecken, am Feuer alle Morgen getrocknet werden mußte.

Verhalten in Ansehung der Bequemlichkeit.

In den Feldzügen machte der König nichts aus der Bequemlichkeit. Die schlechteste Bauerhütte war Ihm lieber als ein bequemes Haus, wenn es nur nahe bey einem Flügel Seines Kriegesheeres war. Er stand früh auf, war auf Märschen beständig bey dem Vortrab, wohnete allen Fouragierungen bey, ließ sich von den patroullirenden Officieren alles unmittelbar berichten, sprach auch einen jeden Gefangenen und Ueberläufer, um die Gegend, den Boden, die Stellung, die Stärke und Absicht des Feindes zu erforschen. Auf Reisen suchte Er auch keine Bequemlichkeit; kehrte in Prediger-, Bürger-, Bauer-Häuser ein, und behalf sich des Nachts mit Seinem mittelmäßigem Feldbette. In Friedenszeiten aber war er anders, denn seine schönen Schlösser und Häuser, waren mit allen Bequemlichkeiten reichlich versehen.

Vergnügungen.

Die sanguinisch-cholerische Natur des Königs, machte Ihn in Seiner Jugend sehr geneigt zu sinnlichen, auch wohl ausschweifenden Vergnügun-

Das Potsdamer Stadtschloss

gen verschiedener Art, in Seinem mittlern Alter zu feurigen Unternehmungen, und in Seinen ältern Jahren zu strengen und heftigen Handlungen, doch so, daß die beyden ersten Arten ihrer Aeusserungen, nie ganz aufhörten. Es leben noch Leute, die Seine jugendlichen Belustigungen nach eigener Erfahrung erzählen, und noch mehrere Personen sind vorhanden, welche wissen, daß Er selbst bey Tafel viel Lustiges erzählet hat, das in Seiner Jugend von Ihm, und auf Seinen Befehl von anderen, ausgeübet worden. Nur etwas zur Probe. Als Er das Infanterieregiment zu Neuruppin bekommen hatte, stellete sich der Feldprediger desselben einigemal um die Zeit der Tafel bey Ihm ein, weil er bey dem vohergehenden Obristen des Mittags gespeiset hatte. Der Kronprinz ließ ihn aber immer abweisen, und sprach in Gegenwart der Officiere geringschätzig von ihm. Der Feldprediger war so unbedachtsam, und stichelte in seinen Predigten auf den Kronprinzen. Einstmals sagte er, Herodes (der Kronprinz) lasse die Herodias (das Corps der Officiere) vor sich tanzen, und ihr Johannes (des Feldpredigers) Kopf geben. Um ihn dafür zu strafen, begab sich der Kronprinz mit den jungen Officieren des Regiments in einer Nacht nach des Feldpredigers Wohnung; erst wurden ihm die Fenster in der Schlafkammer eingeschmissen, hernach Schwärmer in die Kammer geworfen, und der Feldprediger mit seiner schwangern Frau durch die letzten erst aus dem Bette, und in den Hof, und zuletzt in die Mistpfütze gejaget. Wenn der König im Alter über Tisch diese That im lustigen Ton erzählte, wie oft geschahe, so habe Er gern, daß die Gäste, und selbst die zur Aufwartung umherstehenden Pagen und Bediente, laut darüber lachten.

Die Tonkunst überhaupt, und das Flötenspiel insonderheit, gehörte in Seinen jüngern, besten und lebhaftesten Jahren, ja bis in den baierschen Krieg, da es aufhörete, zu Seinen angenehmsten Belustigungen. Er spielte zwar etwas auf dem Clavier, aber Sein vornehmstes musikalisches Werkzeug war die Flöte, auf der Er viel, vorzüglich im *adagio*, leistete. Er hatte einige Kenntnisse von dem Generalbaß und von dem musikalischen Satz, er setzte auch selbst Arien, einige Concerte, und über hundert *Solos*.

Am aufgeräumtesten und vergnügtesten zeigte er Sich über Tafel; denn zu dieser brachte Er alle Seine natürliche Lebhaftigkeit, Scherzhaftigkeit und Lustigkeit mit. Er sprach meistens allein, und erzählte Histörchen und Anecdoten von Kaisern,

Königen, Fürsten und Privatpersonen, die so oft wiederholet wurden, als entweder ein neuer Gast, oder sonst etwas Gelegenheit dazu gab, oder als der König Sich ihrer wieder erinnerte. Er sprach von allerley Materien, als von politischen, historischen, kriegerischen und theologischen (um über dieselben zu lachen und zu spotten); auch von medicinischen Sachen, und unerheblichen Kleinigkeiten. Je länger Er an der Tafel saß, und trank, je weniger zurückhaltend war Er, und zuletzt ward alles ganz natürlich ausgedrücket, aber in französischer Sprache, denn in dieser redete Er beständig, und wer von den Gästen in derselben keine Fertigkeit hatte, hörete nur zu. Er begegnete Seinen Gästen sehr gut, gab aber einer Gelegenheit sich lustig über ihn zu machen, so wurde sie bestens genutzet, weil der König zu Spaß und Spott von Natur sehr aufgelegt, immer munteren Gemüths war. Auf eine ähnliche Weise ging es in seinen kleinen Abendgesellschaften zu, wenn keine Tafel war.

In Seiner ersten Jugend soll Er nicht so gleichgültig gegen das andere Geschlecht gewesen sein, als in der nachmaligen und größten Zeit Seines Lebens. Er hat aber, ich weiß nicht gewiß, um welcher Ursachen willen, früh angefangen, einen

Widerwillen wider das Frauenzimmer zu fassen, und den Umgang mit demselben zu fliehen. Erforderten es Zeit und Umstände, so wußte Er es mündlich und schriftlich auf eine artige und angenehme Weise zu unterhalten; es mußte aber nicht lange währen, weil Seine Höflichkeit gegen dasselbe erzwungen war, und Er im Reden sich nicht lange so einschränken konnte, als die Wohlanständigkeit in Gegenwart des Frauenzimmers es erforderte. Auf solche Weise verlor Er viel sinnliches Vergnügen, Er verschaffte sichs aber durch den Umgang mit Mannspersonen wieder, und hatte aus der Geschichte der Philosophie wohl behalten, daß man dem Sokrates nachgesagt, er habe den Umgang mit dem Alcibiades geliebt.

Aus Hunden machte Er unsäglich viel, und hatte beständig drey oder vier Stücke um sich, von denen einer Sein Favorit, und die andern desselben Gesellschafter waren. Jener lag bey Tage allezeit da, wo der König saß, an der Seite desselben, auf einem besondern Stuhl, den zwey Küssen bedeckten, und schlief des Nachts bei Ihm im Bette. Die andern wurden des Abends weg, und am folgenden Morgen, wenn man Ihn weckte, wieder gebracht, da denn die kleine Gesellschaft durch ihre große Munterkeit und Zärtlichkeit dem

Könige Vergnügen machte. Sie sassen neben Ihm auf dem *Canapés*, die dadurch beschmutzet und zerrissen wurden, und der König erlaubte ihnen alles. Er sorgte aufs zärtlichste für ihre Erhaltung, Gesundheit und Verpflegung; der Favorit empfing auch bey der Tafel etwas aus der Hand des Königs; überhaupt aber wurden die Hunde von einem Bedienten versorget, der sie auch nach ihrer Mahlzeit bey guter Witterung spatzieren führte, damit sie der frischen Luft geniessen konnten. Ein Bedienter, der aus Unvorsichtigkeit einem Hund auf den Fuß trat, konnte dem Zorn des Königs nicht wohl entgehen. Bey dem Wohnhause Sanssouci ist ein Platz, woselbst die liebsten Hunde in Särgen unter Leichensteinen mit ihrem Namen, begraben liegen. Seine Zärtlichkeit für seinen Favorithund übertraf alle Vorstellung.

Tägliche Lebensordnung.

Der König hatte eine Ordnung Seiner täglich auf einander folgenden grossen und kleinen Geschäfte, Seiner Arbeiten und Vergnügungen, festgesetzt, die er beybehielt, und nur in Noth- und ausserordentlichen Fällen veränderte. Wenn Er andere Strümpfe, auch die Beinkleider und Stiefeln in und auf dem Bette angezogen hatte, trat Er vor den Camin, zog ein anderes Hemd und sein Casaquin an, und legte das Küssen und Tuch (ehedessen die Nachtmütze) von dem Kopfe, die, so wie die von dem starken Schweiß ganz nassen Bettstücke, vor den Camin aufgehangen wurden. Nun setzt Er sich an den Tisch, auf den das in der Nacht angekommene Packet Briefe geleget war, ließ sich den Haarzopf zurecht machen, und eröffnete unterdessen das Briefpacket. Diejenigen, die von bekannter Hand waren, und die den meisten Reiz für Ihn hatten, behielt und las Er, die übrigen schickte Er an den geheimen Cabinetsrath, damit ein Auszug aus denselben gemacht wurde. Wenn Er die übrigen durchgelesen, und neben sich auf einen kleinen Tisch geleget hatte, stand Er auf, wusch sich Gesicht und Hände mit einer nassen Serviette, setzte sich Seine Haartour auf, und frisirte sich Sein Haar stehend selbst, welches sehr geschwind von statten ging, und wobey Ihm ein Spiegel vorgehalten wurde. Nun setzte Er den Huth auf, (den er beständig auf dem Kopf hatte, ausser bey Tisch, und wenn Er mit vornehmen Personen sprach) und ging in das Vorzimmer, um dem daselbst befindlichen Adjutanten des ersten Bataillons Garde, den Rapport von dem ein- und ausgegangenen Fremden, abzunehmen, auch wohl, um ihm Befehle, die das Kriegswesen anbetrafen, zu geben. In Potsdam nahm Er zu dieser Zeit auch den Rapport des Feldwebels von der Leibcompagnie an. Gleich darauf trank Er erst kaltes Wasser, und hernach Caffe. Nun ergriff er die vorher schon aufgeschrobene Flöte, die Sein meistes und edelstes Vergnügen ausmachte, so lange Er sie blasen konnte, und spatzierte von einem Zimmer in das andere, und blies wohl zwey Stunden lang auswendig gelernte Stücke und Stellen. Ungefähr um 10 Uhr gab er die Flöte weg, und ließ sich den von dem Cabinetsrath eingeschickten Auszug, aus den an Ihn eingelaufenen Briefen und Bittschriften reichen. Diesen begehrte und empfing Er, als das Flötenspiel aufgehöret hatte gleich nach dem Caffe, und wenn Er ihn durchgelesen, auch dem Commendanten die Parole gegeben hatte, ließ Er die diejenigen Seiner geheimen Cabinetsräthe, die den mündlichen Vortrag bey Ihm hatten, einen nach dem andern zu Sich in das Cabinet kommen, und sagte ihnen, was auf jeden Brief geantwortet werden solle. Wenn dieses geschehen war, besorgte er Seine Toilette, das heißt, Er zog Sein Casaquin aus, bestrich Seine Haare mit ein wenig Pomade, ließ Puder auf dieselben schütten, wusch das

Arbeitszimmer in Sanssouci

Gesicht wieder mit einer Serviette ab, und zog die Uniform an. Hatte Er Briefe und Antworten an Seine Familie zu schreiben, so setzt Er sich nun an Seinen Schreibtisch, und verfertigte sie eigenhändig; sonst, oder wenn die Briefe geschrieben waren, nahm er ein Buch, und las mit lauter Stimme in demselben, spielete auch wohl, wenn Zeit dazu vorhanden war, einige Concertstimmen auf der Flöte. Mit dem Uhrschlag der zwölften Stunde ging Er zur Tafel, wenn Er aber vornehme Gäste hatte, oder bey der Königin speisete, setzte Er sich um 1 Uhr an dieselbe, da sie denn bald kurz, bald länger währete. Gleich nach derselben blies Er wieder eine halbe Stunde, und noch wohl länger die Flöte, unterschrieb alsdenn die im Cabinet abgefasseten Briefe, die Ihm von den Cabinetsräthen geschicket wurden, ließ sich auch den Küchenzettel für den folgenden Mittag vorlegen, und trank Caffe. Ordentlicher Weise war alles dieses um 4 Uhr geschehen, und alsdenn las Er wieder bis 5 Uhr; um diese Stunde aber kam Sein sogenannter Vorleser (einen wirklichen hat er erst zwey Jahre vor Seinem Tode angenommen) zu Ihm, mit dem Er Sich eine Zeitlang unterhielt, oder auch wohl in den Zimmern und auf dem Saal mit ihm spatzierte. Gemeiniglich ging um 6 Uhr das Concert an, vor demselben aber eine Viertelstunde das Vorspiel her. Nun spielte Er drey Concerte, hörete auch wohl zuweilen entweder eines von Quanz, oder ein *Solo von Duport* an, es sang auch zuweilen ein Sänger eine Arie, und alsdenn hatte die Musik gemeiniglich an dem Tage ihr Ende. Nach dem Concert, kam einer von den Gelehrten zu Ihm, die Er zum Umgang bey Sich hatte; diesem las Er erst selbst etwas vor, und hernach unterredete er Sich und disputirte mit ihm darüber. Das dauerte fort, bis die Stunde kam, da er gewöhnlichermassen zu Bette ging. Gab Er aber einigen wenigen Personen ein Abendessen, so fiel die gelehrte Unterhaltung weg. In dieser Ordnung folgte täglich eines auf das andere während der Wintermonate; wenn nicht die in denselben gewöhnliche Lustbarkeiten, um welcher willen Er sich zu Berlin aufhielt, des Abends etwas veränderten. Im Frühjahr, Sommer und Herbst, verursachten bald die Uebung der Soldaten in den Waffen, bald ein Ausritt und Spatziergang, bald das Reisen, eine Veränderung in den Geschäften und ihren Stunden. Arbeitete der König an Schriften und Büchern, so wendete er die sonst gewöhnlichen Lesestunden dazu an, und wenn er auch des Abends schrieb, so unterblieb die Unterhaltung mit einem Gelehr-

ten. Als er die Flöte nicht mehr blasen ko
wendete er die dazu bestimmte Zeit entweder
Lesen, oder dazu an, daß Er einen oder einig
lehrte und Officiere sprach.

Festgesetzte Ordnung in den grössern Staatsgeschäften nach den Jahreszeiten und Monaten.

In den Wintermonaten, machten nur die soge
ten Carnevalslustbarkeiten einige Veränderu
in der täglichen Lebensordnung des Königs
Er aber mehr um der königl. Familie, des H
der Collegien, und überhaupt der Berliner,
auch um der Fremden willen, als Seiner selbs
gen, veranstaltete. Er begab Sich jährlich e
Tage vor Weihnachten aus Potsdam nach B
gab daselbst und ließ geben, Opern, Redo
Bälle und Gastmäler, besuchte auch Vormitta
grossen Wachtparaden. Dieser Aufenthalt d
ungefähr 4 Wochen, denn mit Seinem Ge
tage hörete er auf, und Er kehrte desto ve
ter nach Potsdam zurück, je weniger ihm
gefiel. Nachdem Sanssouci erbauet war, be
diese angenehme Sommerwohnung schon
der am Ende des März- oder im Anfang des

monats; entweder am Ende dieses Monats aber, oder im Anfang des May, ging Er nach dem Lustschloss Charlottenburg, und besahe die Berliner Besatzung Regimenterweise. Am siebenzehnten und achtzehnten May war bey Potsdam die Truppenmusterung, am ein- und zwey- und drey und zwanzigsten war sie bey Berlin, am sechs- sieben- und acht und zwanzigsten bey Magdeburg; am zweyten Junius in Cüstrin, am dritten und vierten bei Stargard in Pommern, am achten, neunten und zehnten in Preussen. Wenn er nach Potsdam und Sanssouci zurückgekommen war, stelleten sich die Finanzminister bey Ihm ein; der Finanzstaat von dem verflossenen Jahr ward untersucht, und für das neue Jahr ward er festgesetzet.

Nun fing Er an, das egersche mineralische Wasser zu trinken, und nach desselben Genuß hielt Er Sich in den letzten Jahren einige Wochen in dem neuen Pallast bey Sanssouci; woselbst er Besuch von Seinem Geschwister annahm, auch eine kleine Gesellschaft sogenannter Brunnengäste bey Sich hatte, als, einen Cabinetsminister, einen General, und ein Paar andre Personen. Entweder am vierzehnten oder funfzehnten August, trat Er die Reise nach Schlesien an, auf der Er die Regimenter in den Städten und Festungen, und die Festungen selbst besahe. Am zwanzigsten kam er zu Neisse an, und am drey- vier- und fünf und zwanzigsten war bey dieser Festung eine Truppenmusterung. Entweder am fünf- oder sechs und zwanzigsten erfolgte Seine Ankunft zu Breslau, woselbst Er Sich gemeiniglich drey, vier bis fünf Tage aufhielt. Er besprach Sich mit Seinem dasigen Finanzminister über die Finanzsachen, untersuchte die Festungswerke, und gab alle Mittag den Generalen und Obristen der Regimenter, und dem vornehmen Adel, grosse Tafel. Gegen das Ende des Augusts, bezog Er in der Gegend der Stadt mit den dasigen Truppen ein Lager, und die Musterung desselben währete durch drey Tage. In den ersten Tagen des Septembers, kam Er wieder zu Sanssouci an. Einige Tage hernach besahe Er bey Berlin das Artilleriecorps. Am ein- zwey- und drey und zwanzigsten September stellete Er seit 1764 bey Potsdam mit unterschiedlichen Regimentern Kriegesübungen an; und nun hatten für das Jahr die ins Grosse gehende Geschäfte ihr Ende; der König aber zog um den Ausgang des Novembers auf Sein Schloss zu Potsdam. Diese Ordnung und Folge, war guten Theils schon von König Friedrich Wilhelm dem ersten festgestellet, und von König Friedrich dem zweyten beybehalten worden, weil Er befand, daß

Glückseligkeit in dieser und der künftigen Welt. Ich selbst, ein dankbarer Zeuge ihrer ausnehmend grossen Gnade, Leutseligkeit und Herablassung, habe ihre mehr als halbhundertjährige Zufriedenheit mit ihrem Zustand, und ihren zärtlichen Eifer für den Nutzen und Ruhm des Königs, während des Lebens desselben, tief bewundert, und ehrfurchtsvoll gedacht, das ist ein Beyspiel ohne Beyspiel!

Betragen des Königs gegen Seine Bedienten.

Anfänglich hatte der König 8 Leibpagen, 8 Kammerlackeyen, 12 gemeine Hoflackeyen, 12 Hofjäger, 4 Leibjäger, 12 Hofpagen, 30 Hofpagen in Berlin, 12 grosse Heyducken, 6 Läufer. Einige Zeit nach dem Antritt Seiner Regierung, nahm Er auch 2, 3 bis 4 Kammerhusaren an, und bey der Einrichtung des neuen Pallastes unweit Sanssouci, noch 6 gemeine Lackeyen. Läufer, Lackeyen und Jäger, wurden an ihren Diensttagen zum Ausschicken gebrauchet, und die Lackeyen blieben auch des Nachts zur Wache im Vorzimmer des Königs. Kammerherren hat der König, meines Wissens, nicht zur Aufwartung gebrauchet; an

Vermälungsfesten aber standen Kammerherren und eine Hofdame oder Hofmeisterin hinter dem fürstlichen Brautpaar. In den letzten Jahren Seines Lebens, behalf Sich der König mit 2 Leibpagen, die keine andere Verrichtungen hatten, als Ihm bey der Tafel aufzuwarten, und Ihm auf Reisen und Spatzierritten zu Pferde zu folgen. In des Königs Kammer hatten sie gemeiniglich nichts zu thun, sondern in derselben ließ Er sich von 2 Kammerhusaren und 2 Kammerlackeyen bedienen. Diese mäßige Zahl seiner Bedienten, stach von dem Ueberfluß, den einige andere Könige Seiner Zeit an dergleichen Leuten hatten, eben so sehr ab, als des Königs Weisheit und Sparsamkeit von der ihrigen. Er duzte alle seine Bedienten, und ging meistentheils strenge mit ihnen um. Ihre wirklichen, und auch die von Ihm nur dafür gehaltenen Fehler bestrafte Er mit harten Worten, auch wohl mit Faust- und Stock-Schlägen; Vergehungen und Verbrechen aber auf eine weit härtere Art. In Kriegszeiten standen sie viel aus, und mußten wie die gemeinen Soldaten mit Gewehr zu Fuß gehen. Er hat vorsetzlich unterschiedene ganz unwissende Leute, die weder lesen noch schreiben konnten, zu Seinen Bedienten, und zum nicht gewöhnlichen Gebrauch, genommen, in der Meynung, daß Er ıselben betrübt gewesen, weil Er noch Gefühl ihn gehabt.

Noch gelinder bestrafte Er einen Kammerbe-
ıten, Namens Pretsch, der ihm einige tausend
ıler gestohlen hatte. Als Er den Diebstahl be-
·kte, ließ Er dem Thäter auf stärkste nachfor-
:n, und da er entdecket wurde, ihn zur Strafe
las Füsilierregiment, das zu Königsberg in der
ımark lieget, abgeben.

Es sind auch Beyspiele von gnädiger Nachsicht,
der König gegen seine Domestiken beweisen
vorhanden. Er hatte einen, der ein Säufer war,
nicht dafür gehalten seyn wollte. Diesem be-
Er, auf der Ritze zwischen zwey Dielen gerade
erzugehen, und wenn er es nicht thun konnte,
te Er darüber. Gegen Seine Lieblinge, die Er
um ihres Gesichts und Wuchses willen aus den
aten erwählte, so rohe sie auch seyn mogten,
er zu liebreich und freygebig.

u den Schwachheiten der Prinzen und Prin-
ınen pfleget zu gehören, daß sie sich gern in
auliche Gespräche mit ihren Bedienten ein-
n, und ihre Erzählungen anhören. Man hat
versichert, daß bey dem König dieses selten
gefunden habe.

machte seinen Bedienten verschiedener Klas-

von ihnen nicht Nachtheiliges und Gefährliches zu befürchten hätte; sich aber geirret. Ein solcher war der Kammerhusar Deesen, für den Er eine geraume Zeit viele Gunst und Gnade hatte, dem er auch manches Geschenk zuwandte, auf den er aber zuletzt, als Er Ihm gleichgültig geworden war, eine so grosse Ungnade warf, daß der Mensch darüber in Verzweiflung gerieth. Beyde stiegen 1775, wenn ich nicht irre, im Monat Julius, aufs höchste. Der König hatte damals Besuch von Seinen Verwandten, und während desselben ließ er es dabey bewenden, daß der Mensch Ihm nicht vor die Augen kommen durfte. Als der Besuch geendet, und der König wieder zu Sanssouci war, ließ Er ihn an einem Vormittag vor sich kommen, und übergab ihn dem Adjutanten, der den Rapport gebracht hatte, mit dem Befehl, ihn bey dem unrangirten Corps als Trommelschläger anzusetzen. Der Mensch that einen Fußfall vor Ihm, Er stieß ihn aber mit Füssen von Sich, und als er sich aufs neue an seinen Knien fest hielt, ließ Er ihn mit Gewalt losreissen. Deesen bat den Adjutanten, der mit ihm fortging, ihm zu erlauben, daß er seinen Huth holen dürfe; und als er auf seine Stube kam, erschoß er sich mit einer auf diesen Fall geladenen und in Bereitschaft gehaltenen Pistole. Als dieses

dem König berichtet wurde, sag
der Kerl die geladene Pistole h
hernach, ich habe ihm so viel C
trauet. Man bemerkte aber auch
Unruhe des Gemüthes über di
aus den Fragen, die Er wegen
Leute that, konnte man wohl
die Begebenheit sehr unangene
dieser Mensch zwar wenig le
er ließ sich aber wohl von ein
Geschriebenes, das auf des Kö
lesen.

Ein andrer Liebling des Kön
den Er im Anfang des siebenjä
weder 1756 oder 1757, bey si
war von sehr verliebter Natu
einer Frauensperson, die er li
che sich wieder andere steckte
nig einen Brief aus der Tasch
mitzutheilen; er soll sich auc
thun zu lassen, seinem Herrn
bringen. Als dieses bekannt w
König mit der gelinden Stra
Spandau schickte, woselbst
halben Jahre starb. Man sag
Zeit seines Todes loslassen

sen zuweilen Geschenke, Er versprach ihnen auch wohl dergleichen, und befahl, daß sie Ihn daran erinnern sollten. Diese Erinnerung war aber niemals nöthig, sondern Er blieb Seiner Zusage eingedenk, und erfüllete sie wenige Tage hernach. Solche Geschenke wurden insonderheit in den letzten Jahren Seines Lebens, als, nach überstandenen Krankheiten, und zu Weihnachten, gewöhnlich. Wer sich Ihm gewissermaßen unentbehrlich gemachet hatte, bekam größere, und wer Sein Liebling war, die grössesten. Ueberhaupt ging Er in den letzten Lebensjahren mit Seinen Domestiken gelinder um, als ehedessen. Es war auch Sein Betragen gegen dieselben anders in kranken, und anders in gesunden Tagen; in jenen war Er mehrentheils so geduldig und zufrieden, also auch sanft und gelinde gegen sie, so lange die Krankheit und der Schmerz währeten und zunahmen: wenn Er aber anfing ungeduldig und unzufrieden, hart und heftig zu werden, so war es ein zuverläßiges Kennzeichen Seiner wieder anfangenden Genesung.

Nichts konnte Er weniger an Seinen Domestiken leiden, als Gemeinschaft mit Frauenspersonen. Er verlangte, daß sie nicht nur unverheirathet seyn und bleiben, auch keine Maitressen habe, sondern nicht einmal Frauenspersonen sprechen sollten.

Erfuhr Er von ihnen das Gegentheil, oder nahm Er es Selbst wahr, so war entweder ihre Verabschiedung, oder doch wenigstens ihre harte Behandlung, die unausbleibliche Folge davon. Da Er nun dieses Verbot dem stärksten natürlichen Triebe entgegen setzte, so war die äusserste Verheimlichung der Uebertretung desselben, nur etwas gelindes, in Vergleichung mit den schlimmen Wirkungen, die es haben konnte, und nicht selten wirklich hatte. Ob der König durch dieses Verbot nur hat Nachläßigkeit und Untreue in Seinem Dienst verhüten wollen? Oder ob Er sonst noch eine Ursache dazu gehabt hat? wage ich nicht zu vermuthen.

Sein Betragen in der letzten und tödtlichen Krankheit.

Er hatte in Seiner Jugend nicht geglaubet, alt zu werden, und ob er gleich in Seinen mittleren Jahren den Körper durch die standhaft erduldeten Beschwerlichkeiten abgehärtet hatte, so beherrschte Er doch, bey herannahendem hohen Alter, Seine unordentliche Eßlust nicht, sondern schwächte durch Seine Lieblingsspeisen, den Magen so sehr, daß er die Quelle grossen Uebels wurde, insonderheit oftmaliger Anfälle von Kolik und Erbrechen. Er schrieb sie aber den Hämorrhoiden zu, die Ihn anfänglich, eben so wie die Gicht, nach dem acht und zwanzigsten Lebensjahr, oft beschwerten, oder bey einer strengen Lebensordnung weniger zur Zerstörung des Körpers beygetragen haben würden. Seine Natur half sich zwar durch die tägliche starke Ausdünstung, auch oft durch Diarrhöen, die von selbst entstanden, und Er kam ihr durch gelinde abführende Mittel zu Hülfe: es häuften sich aber doch die schleimichten und gallichten Unreinigkeiten je länger je mehr in Seinem Körper, und die Eingeweide des Unterleibes wurden immer stärker verschleimet, verstopfet und geschwächet. Er fühlte sich oft sehr schwach. In diesen Fällen, und bey andern Veranlassungen, sprach er davon, daß der Mensch nicht so unbillig seyn, und ewig zu leben verlangen und wünschen müsse. Eine Thurmuhr sey von Eisen und Stahl, und daure doch nicht über zwanzig Jahre, wie denn ein Mensch, der doch nur aus Koth und Speichel zusammen gesetzet sey, mehr als dreymal so lange zu leben verlangen könne? Als ein alter Soldat, wie er Sich oft nannte, sprach Er auch, wenn Er im hohen Alter sagte, »ich bin ein abgelebter alter Kerl, die Maschine will nicht mehr aushalten, der Teufel wird mich bald holen.« Er scheuete und fürchtete Sich nur vor einem schwachen, stumpfen, zu Geschäften unvermögenden, und also unthätigen Alter, und in Rücksicht auf dasselbe wünschte Er, wie er sehr oft in Seinem Latein sagte, lieber *stante pede morire*, das sollte heissen, bey guten Kräften plötzlich zu sterben. Ohne Zweifel hatte er dieses sein Sprichwort nach des alten römischen Kaisers Vespasian Ausdruck gemodelt, der, nach Suetonius Bericht, sterbend gesaget hat, *imperatorem stantem mori oportere*. Als Er aber in Seiner letzten eilfmonatigen Krankheit eine ausserordentlich starke Abnahme der Kräfte verspürte, sagte Er zwar zuweilen, wenn er entweder selbstgewählte, oder vorgeschlagene Arzneymittel, einnahm, auch wenn man Ihm Hoffnung zur Besserung machte, entweder, es hilft doch nichts, oder, es hilft nichts mehr: in der That aber zeigte sich die Liebe und Hoffnung zum längern Leben so gut und so stark bey Ihm, als bey irgend einem andern Menschen, insonderheit da er keine Ueberzeugung von der Unsterblichkeit der Seele hatte. Er sahe zwar Selbst ein, daß Er der Wassersucht nicht entgehen werde, ja daß der Anfang derselben schon da sey; Er tröstete Sich aber damit, daß Sein Herr Vater sie lange ausgehalten habe. Steiget sie in den Leib, sagte Er, und Er hat einen gewissen Umfang bekommen, so läßt man ihn punctiren. Ich kann immer noch Jahr und Tag leben. Er bestellte auch neue kostbare Dosen, und andere schöne Sachen; er befahl, einen neuen Garten bey Sanssouci anzulegen, und diese und andere Bestellungen und Verfügungen, zeigten, daß er das Ende Seines Lebens noch weit hinaussetze.

Noch gegen die Mitte des Julius 1786, wollte Er das Wasser aus Seinen geschwollenen Beinen und Lenden abgezapfet haben, und ob gleich das von selbst aus Seinem linken Fuß laufende Wasser einen Geruch hatte, den die Personen, die um Ihn waren, kaum ertragen konnten: so war Er doch mit Seinem Zustand zufrieden, und freuete Sich über Seine zuweilen ausserordentliche Eßlust, die Er auch durch unverdauliche Speisen befriedigte. Seine Domestiken und die Aerzte, zitterten wegen der Folgen dieser Befriedigung. Der Tod überfiel ihn, ohne daß Er die Herannäherung desselben verspürete. Denn wenn Er gleich oft ohne Bewußtseyn war, so war Ihm doch dieses nicht bedenklich, weil das Bewußtseyn wieder kam, und selbst der mit Röcheln verbundene Husten, befremdete Ihn nicht, weil Er ihn oft gehabt hatte, daher Er noch einige Tage vor Seinem Tode lustig und scherzhaft, wiewohl nicht in dem hohen Grade wie in gesunden Tagen, war.

Im August 1785, befand sich der König von häufigen Koliken und Durchfällen sehr schwach, und wollte doch nach Schlesien zur Musterung der dasigen Truppen reisen. Diesen Vorsatz vollzog Er auch, nachdem Er zur Ader gelassen, auch ein Reinigungs- und Stärkungs-Mittel gebrauchet hatte. Am 24sten August regnete es Vormittags bey der Musterung durchdringend, so daß der König durchaus naß wurde, und sich stark verkältete, und Nachmittags fand sich schon Fieber bey Ihm ein. Am 25sten verspürete Er es nicht mehr, nahm also die Musterung wieder vor, und setzte alsdenn Seine Reise über Neisse nach Brieg fort. Das scheinbarlich gute Befinden, dauerte noch bis gegen die Zeit, da Er bey Potsdam, die im Anfang des Herbstes gewöhnlichen Kriegesübungen anzustellen pflegte; allein am 18ten September, des Abends um 10 Uhr, da Er schon im Bette lag, befiel Ihn ein Stickfluß, von welchem Ihn ein Brechmittel rettete, ob dieses gleich mehrentheils nach unten wirkete. Am folgenden Tage bekam Er das Podagra, und konnte den Kriegesübungen der Truppen nicht beywohnen. Von dieser Zeit an dauerte die Krankheit, die der Doctor und Professor

Selle, als damaliger Hauptarzt, in einer gedruckten Schrift kunstmäßig beschrieben hat, bald gelinde, bald heftig fort, und der König, der zwar täglich die ordentlichen Cabinetsgeschäfte fortsetzte, sonst aber mit Lesen und Schreiben sich wenig beschäftigen konnte, vertrieb Sich die Zeit guten Theils damit, daß Er Sich Seine kostbaren Dosen, geschliffenen und rohen Chrysospase, Banknoten, auch das Portefeuille, und das Papier, welches die Eintheilung und Bestimmung Seiner Hand- und Dispositions-Gelder enthielt, geben und vorzeigen ließ, und alles ansahe. Er brachte den Winter von 1785 und 86 und das Frühjahr, mit abwechselnden Krankheitszufällen, und mit Mediciniren, zu.

Im Februar 1786 schwollen bey Tage die Füsse stark an, und im Sommer zeigten sich Vorboten der Brustwassersucht. Der König konnte nicht mehr liegen, sondern mußte fast immer vorwärts gebücket sitzen. Am 17ten April verließ Er plötzlich das Schloß zu Potsdam, und fuhr auf einem starken Umwege nach Seinem Sommerhause Sanssouci. Bis zum 20sten fuhr Er täglich aus, und am 21, 22, und 24sten ritt Er aus, welches Ihm aber nicht gut bekam. Nun gebrauchete Er alle Tage ein Arzneymittel. Im Anfang des Junius, da beyde

Füsse stark zu schwellen anfingen, und die Brustbeschwerden zugleich stärker wurden, konnte Er fast gar nicht mehr im Bette aushalten, sondern brachte den größten Theil der Nächte auf Seinem Lehnstuhl zu, auf welchem Er vorwärts und nach der rechten Seite gebücket saß, im Schlaf häufige Zuckungen hatte, auch erschrocken, stöhnend und schreyend aufwachte, und oft denjenigen, die sich Ihm näherten, Seine Leiden und Schmerzen klagte. Er hatte ein geschwollenes und glänzendes Gesicht, zum Beweis der Brustwassersucht: es senkete sich aber das Wasser nach den Lenden und Füssen, und der König blieb bey Tage und Nacht auf Seinem Stuhl. Im Anfang des Julius äusserte sich die Bauchwassersucht, und Er wollte das Wasser bald durch urintreibende Mittel, bald entweder durch Zugpflaster, oder durch Oeffnungen an den Lenden und den Beinen, vertrieben haben: aber jene würden vergeblich gewesen seyn, weil Seine Natur gewohnt war, das häufig genossene Wasser und andere Feuchtigkeiten meistens durch die Ausdünstung, und durch die Gedärme, abzuführen: und zu diesen konnte sich der Arzt, der zu besorgenden Fäulniß und des Brandes wegen, nicht entschliessen, obgleich der König stark darauf bestand. Am 4ten August war das linke Schienbein rosenartig entzündet, und aus den Bläschen der Oberhaut floß eine unbeschreiblich übel riechende Feuchtigkeit; Er aber freute Sich über den von der Natur bewirkten Ausfluß der Feuchtigkeit, und hoffte besser zu werden, wenigstens noch eine geraume Zeit zu leben. Er hatte auch starken Appetit zu unverdaulichen Speisen. Allein in der Nacht vom 12ten auf den 13ten August stellte sich ein Fieber ein, welches, wie Sein Arzt schreibet, Seinen Kopf so einnahm, oder Betäubte, daß er die Todesgefahr nicht bemerken konnte; er aß aber doch ordentlich zu Mittag, welches das letzte mahl war. Am 14ten blieb Er im ständigen Schlummer bis 11 Uhr, da Er Sich ermunterte, um 1 Uhr ein wenig Suppe und Rindfleisch kostete, Sein völliges Bewußtseyn hatte, ja um 5 Uhr den Generalmajor von Eglofstein sprach, und ein wenig von einer Seespinne aß, das übrige aber bis auf den folgenden Tag aufzuheben befahl. Am 14ten Vormittags war er Sich Seiner auch völlig bewußt, verfügte zum letzten Mahle die Cabinetssachen, gab auch dem General von Rohdich die Parole, ordnete die Kriegesübungen an, welche die Besatzung am folgenden Tage anstellen sollte, aß auch noch vor 11 Uhr die zweyte Hälfte der Seespinne, fiel aber nun wieder in Betäubung und

Schlummer. Gegen Abend unterschrieb Er zwar noch die ausgefertigten Cabinets-Briefe und Befehle, aber bloß maschinenmäßig. Am 16ten konnte Er Sich nicht mehr auf Seine Cabinets- oder Regierungs-Sachen besinnen, die Ihm während Seiner ganzen königlichen Regierung täglich am Herzen gelegen hatten, kannte auch den General Rhodich nicht mehr, als er in Sein Zimmer trat, um die Parole von Ihm zu empfangen, Er sprach auch kein Wort mit demselben. Dieses Unbewußtseyn dauerte bis 11 Uhr; nachher wechselte es mit dem Bewußtseyn von Zeit zu Zeit ab. Seine beyden Kammerhusaren Schöning und Neumann waren bei Ihm, der Hofarzt Frese aber, und der Regimentswundarzt Engel, hielten sich im Nebenzimmer auf. Bey dem Verband des linken Fusses, und bey dem Gang nach dem Nachtstuhl, war Er Sich Seiner bewußt, und als Schöning, der vor dem eben erwähnten Gang auf einen Augenblick hinausgegangen war, zurückkam, winkte Er demselben. Schöning bemerkte, daß der König stark schwitzte, aber zu wenig bedecket war, und doch von dem Nachtstuhl nicht aufstehen wollte; er bat Ihn also; daß er wenigstens seinen Pelz umnehmen mögte, um Sich nicht zu erkälten. Das ließ Er Sich nicht nur gefallen, sondern sagte auch, nun

Auf der Terrasse von Sanssouci,
nach Daniel Chodowiecki

will ich mich endlich wieder auf meinen Stuhl setzen, welches auch um 11 Uhr geschahe. Er gerieth hernach bald in einen sanften Schlaf, bald in einen mäßigen Schweiß; und brachte den übrigen Theil des Tages fast ohne Bewußtseyn zu. Schöning behielt auf die Nacht ein paar Kammerlaquaien zum Beystand bey sich. Nach 8 Uhr Abends empfand der König Frost, ließ Sich stark mit Küssen bedecken, und war bis 11 Uhr sehr unruhig. Weil die Brust sehr beschwert war, und Er stark röchelte, gab Ihm Schöning einige Mahl etwas zur Erleichterung und Erquickung, Er verlangte auch, in dem heftigen Schweiß, oft etwas zu trinken. Von 11 bis 1 Uhr war Er etwas ruhiger. Er bemerkte, daß Sein Hund von dem Stuhl gesprungen war, fragte, wo er sey? Und befahl, ihn wieder auf den Stuhl zu setzen, und mit Küssen zu bedecken. Um 1 Uhr kam Neumann wieder dem Schöning zur Hülfe, und die Vorzimmer waren mit königlichen Bedienten verschiedener Art angefüllet. Der König sprach unterschiedenes, es war aber schwer zu verstehen, und bestand in Phantasien, als, nun ist mir wohl, nun will ich mich ordentlich niederlegen. Das Röcheln nahm zu, und am 17ten August, früh um 2 Uhr 20 Minuten, verschied Er an einem Stickfluß, Ihm selbst ganz unvermuthet.

Zu dieser Ausgabe

Als Geograph, Reformpädagoge, Historiker und Herausgeber von Zeitschriften spielte Anton Friederich Büsching (1724–1793) eine geachtete Rolle in der Aufklärungsbewegung des 18. Jahrhunderts. Für sein Werk »Character Friedrichs des zweyten, Königs von Preussen«, das eineinhalb Jahre nach dem Tode des Königs erschienen war, konnte der Autor auf eigenes Erleben sowie auf zahlreiche schriftliche und mündliche Mitteilungen von Zeitzeugen und Korrespondenzpartnern zurückgreifen. »Ich habe diesen mir glaubwürdig erzählten Umstand für wahr befunden, als ich ihn scharf untersuchte.« – versichert der gewissenhafte Autor.

Bereits wenige Monate später, im Sommer 1788, legte Büsching eine verbesserte zweite Auflage vor. Vorliegendes Bändchen vereint jene Teile aus diesem umfangreichen Werk, das dem heutigen Leser den *privaten* Friedrich näher bringt.

Orthographie und Zeichensetzung des Originals wurden beibehalten. Das Original enthielt keine Abbildungen; die hier verwendeten entstammen verschiedenen anderen Quellen, so dem »Conversations-Blatt. Eine Zeitschrift zur Unterhaltung und Belehrung für alle Stände« (1836, Nummern 9–14).